愛之華

洪逸辰情詩集

愛之華

冬

春

雨人

十一顆太陽

愛是花
情愫和思想都萌發花粉
讓詩的銀蝶輕巧沾惹
尋尋覓覓
遞遞迢迢
在瓢蟲的海洋下
在盛開的花蕊上
在你我尚未知曉的
日光曚曨間
接吻

愛之華

盛夏薔薇
在正午吐露芬芳曖昧
粉粉的
一根根指頭
不安地攥緊衣襬
要採快一些
羞澀侷促的心
和你的眼睛
就快要溜走了

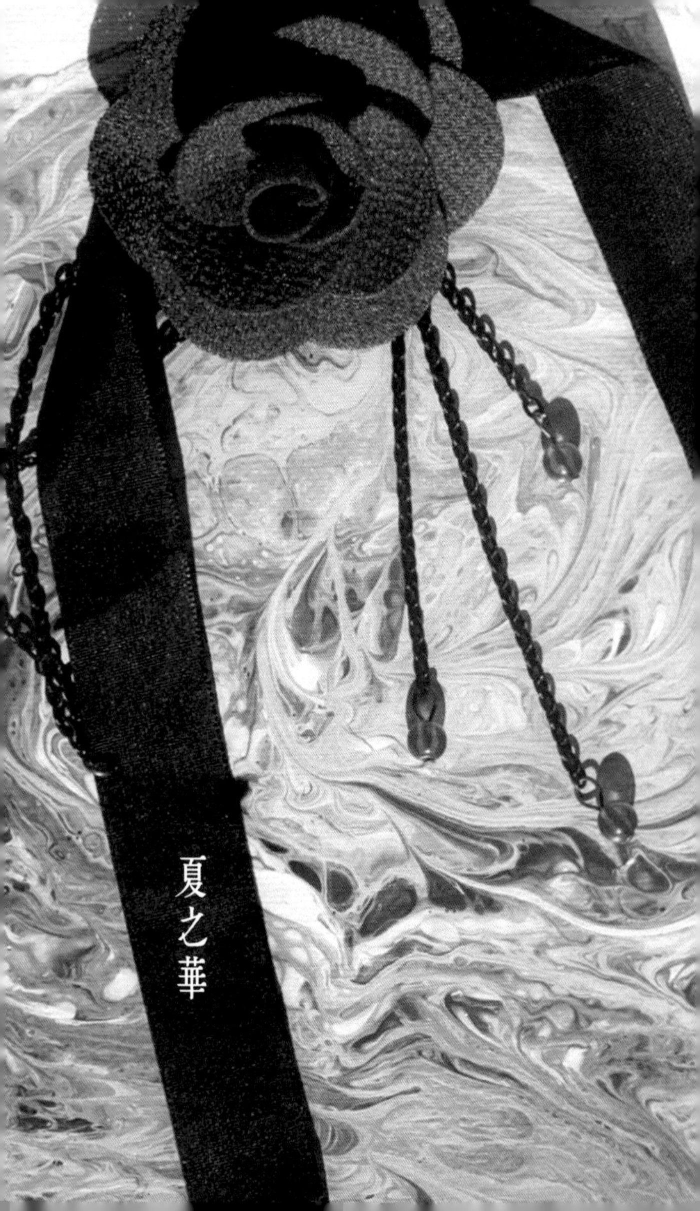
夏之華

祕密

我喜歡你的眼睛
擡頭凝望星星的眼睛
不是因為上頭遙映星星
而是它裝著
整座夜空的祕密

小心機

我發現你一個祕密
但不說出口
我要攢著它
直到詞窮
就聊你的祕密
再旁敲側擊
尋找下一個祕密

出格

如一闋詞裏反複的語彙
還是寫詩偏愛出律
或怕你看不懂的賦
總得題上序
如珍珠項鏈難以自制地斷落
這字字珠璣的贅語
琤琤琮琮
都是我
用力的暗喻

素描

詩人最終還是寫不成小說
也誦長詩、歌舞樂
善鳥瞰，
卻依然記不下歷史
——像我寫不像你
只因總捕捉你的秋天
你的齒白
以及搖曳的細節

然而如此描摹
卻說你不像你
不像一把稻草
支起一枝草人
不像一捧土
堆出一座城堡
我歪頭看你，不明所以
發現這個角度
陽光打下來的陰影是美麗

捉袖笑了出來
你還以為臉上有怪東西
拉著我、想追問究竟
我側身躲開
笨蛋
在我眼中
你並不只是你

包裝

當對你的情感
已經深得
連你送的禮物包裝都捨不得拆了
那時
我該怎麼辦呢？

吊環

我的心
是一只公車吊環
懸盪不定
待你抓牢

必要共同正犯

當我愛你
已是眾口下的罪孽
我將欣然出庭
接受審判
不再抗辯
從最初的對向犯改判為聚合犯
取得永久在留證明
鐐銬鋃鋃鐺鐺
情願心甘，入住

一座庸俗而憧憬
獨獨彼此的
誓言囹圄

藤蔓鐵藝

原石切割、黃金鑄鎔
高溫冶打、刻刀雕琢
受盡一切命運的砥礪
只為化一座緊暱吻合你的戒臺
而你，也因為我
削出幾何閃耀
無瑕的斷面
當燄火的時間熠熠燃燿
你我溫柔嵌合

如神匠巧削的木楯
娉婷而密緻

玎玎玲玲
落地櫥窗前，行人匆匆步過
瞥見招牌迴旋，蜷成珊瑚藤
玉蜂鳥輕輕踮起了趾尖
群青的寶石與之對望
折射出瑩白的晶芒

幸福腳尖

如果要來拜訪
請提前寫信給我
因為等你使我期待
拉長了喜悅的分分刻刻
攥著信
盼盼地踮起腳尖
幸福長高了

日曆

因為鎖不住夏日的回憶呀
冰鎮的西瓜
透明的風鈴
未央的信紙及擱置的筆
或是夏天的海、天空與太陽
我都鎖不住
所以，決定任性地
撕下日曆上的今天
想在透出數字的背面寫些什麼

興許是紀錄的字眼
卻動不了筆
只摺好，藏在時光膠囊裏
鉤住釦鎖
我猜想
即便數年後看到這青春的一頁
肯定什麼也記不起了
可仍會輕輕笑吧？

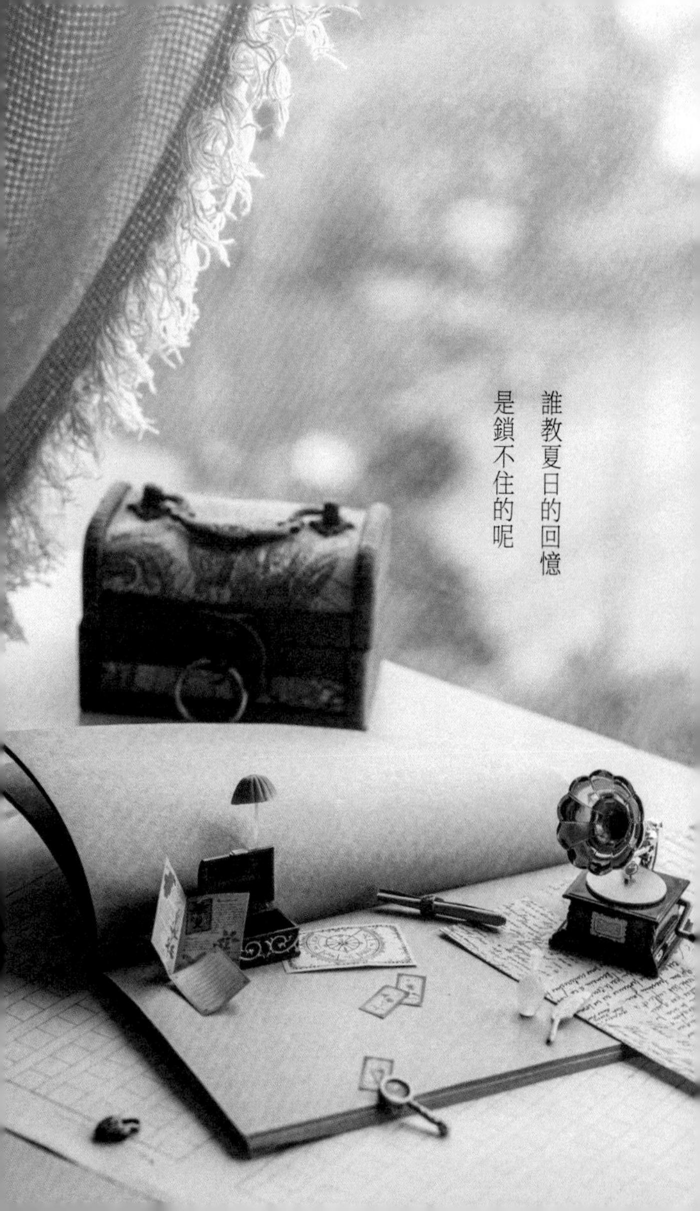
誰教夏日的回憶
是鎖不住的呢

那年和你错過的
秋日丹楓
如今又迎面撲來
銅紅的雨
變質異色的心事
釀成橡實
全讓偷竊回憶的松鼠
秋藏進祕密的樹洞

髮絲纏繞分岔的葉
甩了甩
颯颯零落
在腳踝被淹沒之前
只能踩破脆葉
向前走去

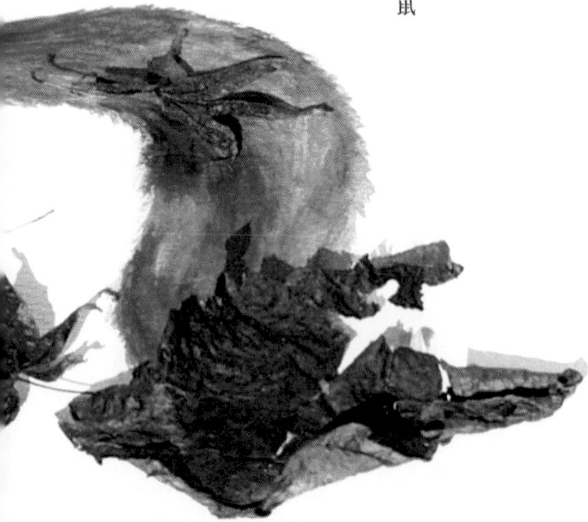

秋之華

水災

當雷雨交加
滋潤了你我心中旱地
還像個孩子
樂在雨中跳舞

沒想到
幾日後的
水災

麻

側躺著滑手機
滑落了祕密
抽回枕在你頸下的手臂
下樓幫你買冷飲
自販機的藍光
泛亮我的下顎與顴骨凹陷
忽然擡不起手
按不下鍵
沒有不愛你呀
真的只是
有一點麻

短長

當再次乘上你的車
發現安全帽帶長得鬆垮
或短得難以上釦
測量自己的顎骨線
刻意減少一公分
頰肉顯得緊陷
你背上的色塊凸出
原本的圖騰不太規則

環擁你背的瘦削
不再在意
釦帶的短長

字數限制

我的心裝不下你的愛
在空間中搬找
還有無可騰挪的位置
心滿滿是你了
可你選擇把超出容量的愛
分裝檔案、寄送副本
我卻不甚在意
反正你的愛終將與我無關

自得其樂地愛你
字斟句酌
正因一切有限
才更顯得愛
彌足珍貴

草莓軟糖

好喜歡草莓軟糖
QQ、甜甜
是初戀的味道
明明還沒談過戀愛的，呵
當第一次輕咬草莓
原來，初戀是酸的
一口就嚐盡了

故障

你送我一座鐘
滴答擺盪
時間飛行
迷離地望著鐘
欣賞一幅架空的名作
「唧！」
一顆小齒輪彈開
秒針掉了
時間就一直停滯迴廊
不再扭轉

星星鑰匙

想無可理喻地
將你的容姿，鎖在空間裏
你的聲音，定格在時間斷面
我側耳伏貼，藏著你的祕密黑盒
意圖感聽你怦跳的溫度
什麼時候扭得開呢？
我小小星狀的鑰匙
孤孤獨獨地
依留在銀河的道路上

淋浴

當花灑抵住頸項
濡溼鎖骨的痣
想像你的低語與摩挲
酥麻窸窣
再回憶你如一條溫熱毛被
將我籠罩
紊亂了心跳
怦湃亂顫
一束束水柱撞擊碎碎
鎮治我
漏電的心

水晶花

總愛虛擬你的存在
只因，我不願輕易觸碰
液晶的花
深怕沾染我的指紋
髒了你的模樣

旁分

鳥囀初晨中甦醒
拖著昏亂的步伐
至鏡前
望著黑兔絨般的亂髮
手不自覺地擡起
指腹抵著額心
凝息數秒
竟不知該撥向哪邊
絞腦究竟

才想起
當初是自然反應
虛構完美的你
想模仿你一絲氣息
撥向你的髮流
即使誰都從未留意
卻也念念竊喜

此刻，我無法得知方向

左分，顯得手生
右分，嘔心的異物感湧上
糊塗苦惱
忽然一枝幼苗油然向生
茂盛地長成一簇簇新鬱的罌粟
凝視鏡中的素白與黑
懷念又陌生的錯覺
甩了甩頭
暫時拋卻關於你的一切

次回臨鏡
許仍會苦想
到底左分
爾或右分

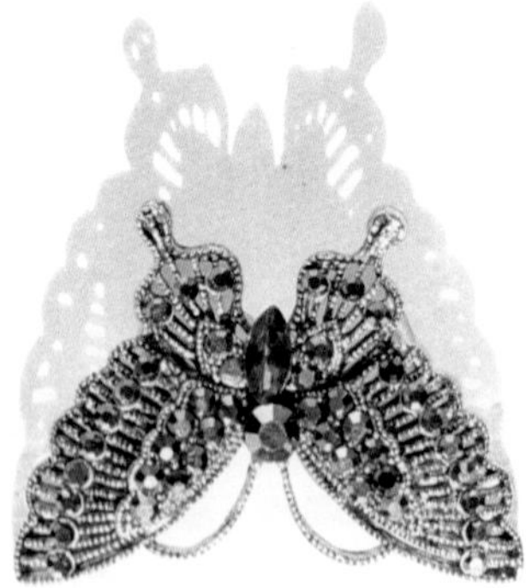

失認的記憶
凝結為一顆顆晶石
雪藏於萬千櫃屜之間
在菟絲糾纏的心室追逐
死命狂奔
不確定要逃向何方
筋疲力竭後
靜脈紺藍
沉默中野蠻流動
灌溉了薔薇

冬之華

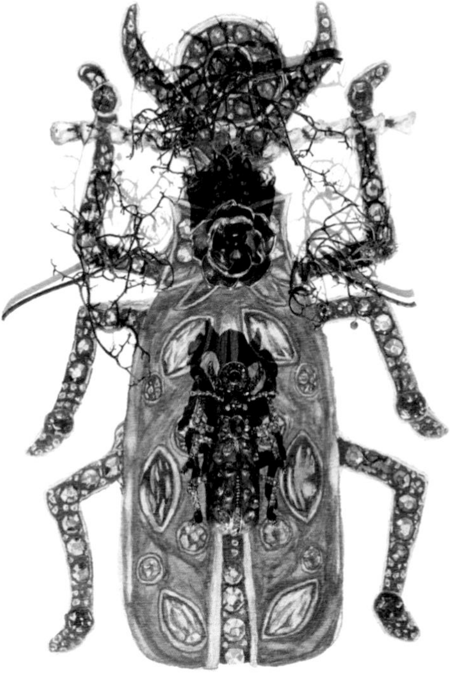

失認

你憶起遠去的他就痛
混淆了痛楚與愛

未完成

始終逃不過你。

站在你的城堡裏
花木鎏金與鳥獸浮雕
栩栩然搖曳飛翔
宛若富麗堂皇的籠
自願就此安棲
站在你的籠裏
不曾試過掙扎

可在裏頭指尖觸碰不到你的肌膚
便重新編造鳥籠
細細交織成我金棕色的裙撐
你會覺得漂亮嗎？

站在你的裙裳裏
壓上白粉、撲上腮紅
唇抿一口胭脂
搽上十指蔻丹
拈起蕾絲妝點髮髻

再優雅地跳一支舞
讓你寫成詩句

站在你的詩裏
墨水被打翻
沒將我寫完

藩籬

我願意安於豢養
入住藩籬
作你馴服的羊
可角
卡住了

行囊

將你畫成眼淚的形狀
鑲在外人看不到的軀體上
每當赤裸，清洗回憶
總不免瞥見
你揹著行囊離去的模樣

學士帽

將我們的愛情拋向天空
帽穗盛開成細密的金合歡
以為丟掉它
我就能
從你那裡畢業了

變質

月光輝映自陽光
太陽也無法替代月亮
青回不了藍
蛾回不了繭
而因愛你所改變
只能熱火蒸餾
將你濾去

盜木

當思念開成一片森林
我請求你
不要來盜木
形成層已死，木質部危殆
我仍想為你楓黃一場秋天
振一簇白雪
再抽芽成你可愛的模樣
嬌立山巔
顫落赭壤的莖脈
搖晃四色的葉

你盜去最後一株思念
淚珠如冰晶洗淨的琉璃盤
被你量產
而淚擲地
也碎得很圓滿

冷飲

還以為眼淚
會因寒冷而墜流漣漣
甚至靈魂乾涸

退了冰
望著腳下一灘水漬
其實
從未有非哭不可的理由

微雨

車駛歸途
風景如快轉一倍的播放帶
看見，卻不甚清晰
倏地天空舉臂
揮落一陣綿雨
漠漠凝視窗
微雨在上頭劃下痕跡
如刀輕掠的傷

一道道交織
看似已千瘡百孔了
直到細痕凝珠
溜出窗緣
玻璃澄澈透亮，光華依然
我才明白
你只是我生命中的微雨

遺憾

至今，仍讓我遺憾的
是你從未獲得幸福

在夢中看見了
一排排紫藤如瓔珞懸垂
撥開花簾
是巨大橡樹

春之華

你如春風般跳下了樹
牽住我的手
跳起舞來
累了就躺下
土壤的芬芳間
笑了出來

化石

緩緩綻開白皙漸褪色的手
待一瓣心香的開落
曾呼吸，用你給的葉綠素
也以為失去你，生命將不再完整
直到凋落才恍然
我也能成一葉化石
讓思緒的礦物靜靜結晶
堅硬而能保存永恆
禦寒而能匿名地層

在一世世的孤獨中
逐發圓滿
隱藏在不醒目的灰藍石礫裏
閃閃爍爍
依著毛細默默蠶食
一口、兩口
直到讓人發掘——
是愛，
讓我變得更有價值。

糖紙

撫上久未整理的書櫃
見着最泛黃的印象稚嫩
才抽出，灰色的書皮便一抹鮮棕
書頁的邊緣都因潮溼而黏硬
信手翻閱
夾著輕薄糖紙的那頁
自然地攤展開來
玻璃藍、透透明明
滲出年代香氣的晶瑩糖紙

上下緣有兩條銀線
以及扭轉的痕跡
輕柔地用左手指尖撚起
將懷抱糖果核而蜷曲的我
摺疊進去
右手指尖再包覆過來，扭上
投遞到下一個
月亮咧笑的嘴裏

機車上的你

我喜歡騎機車的你
背膀不足以撐起整座世界
卻剛剛好，適合擁抱
將雙手拳在你外套口袋
知道我指尖冰冷
口袋裏總備著暖暖包

喜歡著騎機車的你
將臉貼著背
靜靜聆聽心跳

默算我們的同步率
風帶走了語言
捎來了栩栩的情愫
雲朵在藍天迂迴
孢子蜷縮葉背
月與星光在夜裏
溫溫潤潤，躲匿太陽的光芒

其實只是喜歡你
引領方向
帶我馳向遠方

簪

風吹亂的髮
以尖梳流
盤旋如雲
簪上去
我的生命就從此
叮叮噹噹
一步一響了

運轉

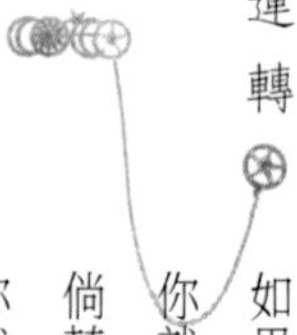

如果我是風鈴
你就是風了
倘若火種呢？
你就是火
祈願我成水車
你眼底溫柔化水
我們能發電
讓大地
光亮一些

身側

對著蠟燭
願望卻遲遲沒凝結
並非就無欲無求了
但或許
待在你身邊
不用言語
不用願望
卻是剛剛好地自在

岩壁

所以決定堅強得像
你抵在長板椅緣
透滲倔強的白皙手腕

你是水紋，我便成岩壁
佇立徜徉在
你的映照與波光

注定

瓶喝飽水
帆喝飽風
圓潤的燈泡註定要喝飽光明
如同人類
也終將飽腹愛

瓶

我是一只瓶子
源源不斷地湧流出水
重量使我無法離開
也無意離開
眼睛是瓶口
當情感滿溢
你要知道
這非關灰心與開心
更非關感人或傷人

水的波紋漫漶而模糊
曖曖昧昧、隱隱約約
瓶底刻著
三十多年來
從不願輕言的
愛

愛之華

我站在這兒
看一粒沙飛掠遠方
看一根羽凝結雪花
看世界乍止呼嘯
畫面定格
雨點蹴地的瞬間
你出現
水滴破散
才呼吸到我玫瑰畫放的芬芳

站在這裡，平凡地愛你
平凡得好似
一朵花無法抑制自己的花季
讓芯蕊舒展、朵瓣奔放
體認到愛
本來就像一朵花
美麗、堅韌得如此傖俗
站在這裡，即便枯寂
也不斂起綻過的花瓣

請你繼續飛揚
忍住破散
如一珠露那般循環於天地
愛會一直存在
我也將輕覆泥地
等待下一次抽芽
嬌立在這裡
繼續愛你

在雨的滋養後盛綻
在雨的滂沱間凋零
滲透我
直至花瓣都透明之前

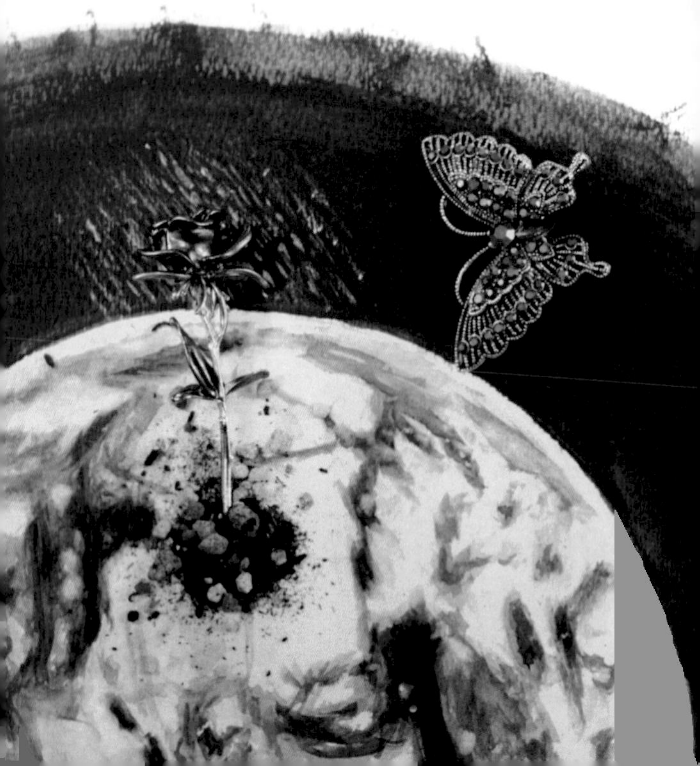

雨人

候鳥

遷徙
從不是為了冒險或野望
僅僅尚未找到
我心安處

傖俗

藤蔓攀爬樹木
湖倒映雲
都市的電線網羅天空
萬物總有其依賴

奔離槽廄的馬
脫隊的候鳥
毋須太陽也能造光的人類
命運是被掙脫的枷鎖
羈絆是自由的天敵

我仍會是一隻家貓
壙上的蝴蝶
沒有手機就惴惴不安的現代人
搡玩毛線球
停停款款飛
滑滑不是太有營養的心理測驗
或讓一場雨和小說掀起情緒
當一個平凡人
樂於平平淡淡
傖俗耽溺的生活

當年年歲歲
時光倚著你緩緩流麗
天空翱翔的你
會明白我不追求自由的理由——
自由的人總是孤獨。

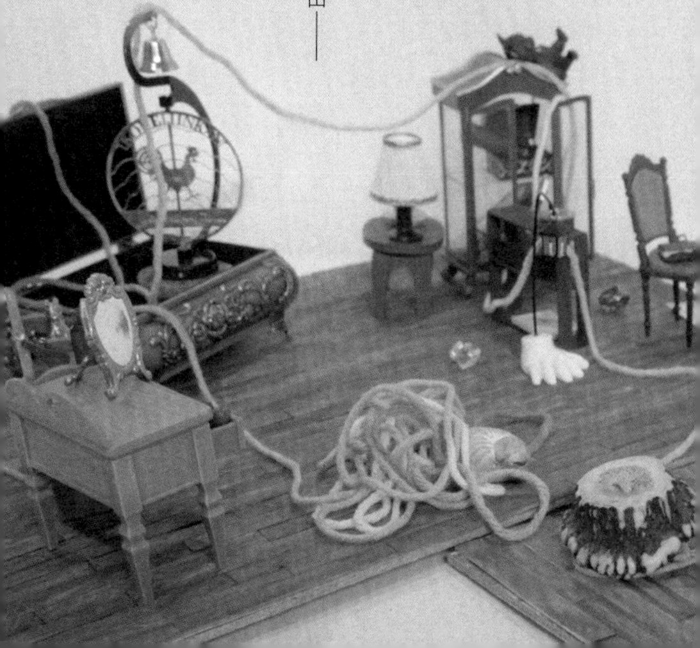

噴嚏

你走過
香水讓我打了一個噴嚏
心臟掉了出來
捧在手上
給你

雪兔

如果你能給我
一雙火燄的眼睛
一對光合作用的耳朵
捏成一隻雪作的兔子
我就
再也不怕冷了

飯糰

當我決定買一包米就已經許諾
要好好淘洗
用適當的鍋子
加適當的水
挑適當的時間
讓米煮成飯
海苔包覆，雙手揉搓
梅干也好，明太子也好
肉鬆、泡菜、鐵火卷，都好

或甜甜的顏色
善良的風味
調皮的奇模怪樣
像幼時揉揉捏捏黏土人一樣專注
當時送給媽媽時討摸頭的閃爍眼神
我現在給你了
你也會摸摸我的頭
寵溺地對我笑嗎？

一串香蕉

希望我和你
可以像一串香蕉
一起青澀
一起讓大剪裁下
一起運送
一起金黃
一起販售
一起到某個人家的桌上
一起長出老人斑——

那大概是最香甜、最幸福的時刻了
然後一起被吃下
一起到同一個胃
一起軟糯、融而為一
就算都認不出彼此是香蕉了
但仍然
永遠在一起

在你面前
我是大魔導師的學徒
學不會隨海洋浮動
學不會靜心如水
風雨漂搖，我掙扎划水
靜謐粼粼，托在浮木喘息
不夠洶湧
不夠沉穩

像一個還在背誦咒語的孩子
僅按表操課
就已耗盡我所有氣力
你抱抱我
拍拍我的頭
說我有愛人的天賦
不去意識咒文
便能施展愛的魔法

即使這個教誨如此傖俗
我仍諄諄受教
苦心孤詣
身在廣袤的世界眼中只有導師
一位小小生徒

當我華麗地轉身
斗篷喝飽空氣
琴頭魔杖一瞬爬滿牽牛花
整個房間都添上繽紛

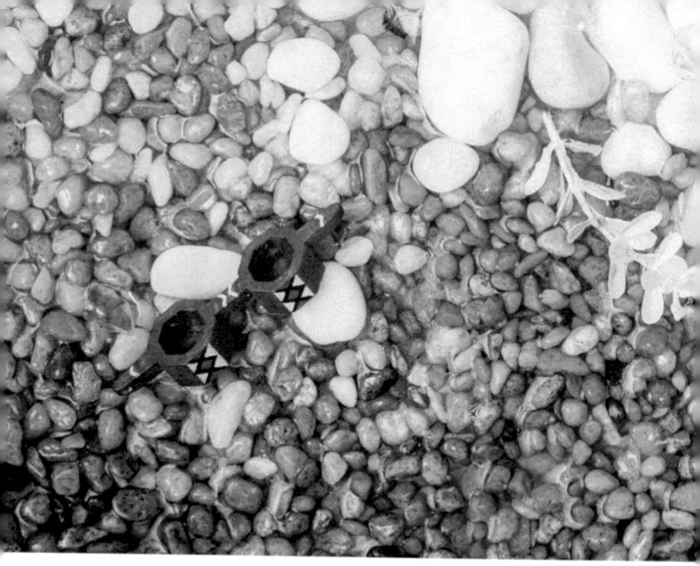

指向你
我的魔力變得強壯
卻只汲了一口水
飄浮到你的嘴邊
讓你嘗嘗這
甜入你牙
涼涼的
冰糖滋味

遊牧民族

當北地值冬
一袋袋的雪織成巨大的白布飄飄而覆
鋪蓋南陸的歸途
我將踏雪跋山
遊獵最綺麗的景色
而鏡頭
是汪汪暖和如南洋的
你的眼睛

遠距離

我是一只鉤
而你是竿
當現實的釣手將我向遠方拋去
北洋向晚漂浮
凍寒滲滲
流日孤寂
忍住海洋的寬闊，向下沉去
寧靜、安妥
毫不畏懼

因為深曉
我們之間有一條難以注意
銀亮的陶瓷線
細緻而堅韌
隱匿而遠長
當海洋的時間沉沒浮標
請你忍住彎曲的作用力
作我的槓桿
請忍住釣手將我們拉扯

不斷開絲線
終將一竿釣起
離開海面
飛越北方的天空
為你帶回
最榮美的寶藏

罩

持續發光
照耀灰暗的時刻

你睏了
光芒太過刺眼
用濁白色燈罩
將熾熱的愛
遮住：

惟求你
一夜好眠

睡眠品質

我要求有品質的睡眠。

擾人的白光，我拒絕
木頭床鋪，我拒絕
如雷鼾聲，我也拒絕
非關嬌貴
或自尊
這已是最低標準

我要求高品質的睡眠。

暈黃檯燈，我拒絕
床下的彈簧形狀，我拒絕
空氣清淨機嗡嗡作響，容我拒絕
人，一天睡八小時
活著六十年
便睡眠二十年
別惱我的無禮
我無法忍受二十年

我要求極致品質的睡眠。

拖板的小紅燈，我拒絕
三張床墊下的一粒銅豌豆，我拒絕
血液的脈動從腳趾爬上，直擊內耳的蝸牛
請恕我拒絕
或許已然是強迫症
造成你的困擾
但拜託，拜託不要無視我

只因在你面前
我不想說謊
不想戴上耳機
這一切，都是我
最真實的噪聲

脆弱

球被打了出去——
在天空
剛好是太陽的形狀
你們恪守規則
當下墜
為了不讓球碰地
又打向天空

當愈飛愈高
看球不見
你們換了新球
我不知道我在哪兒。

瞭望臺

星星很遠
看不清他的距離
更發着迷

你的眼是倒映星空的潭
星星是你的祕密
粼粼輝耀
美得令人想摘
可是我不會摘的
在這凍原
星星是摘不到的寶物
若嘗試墜落

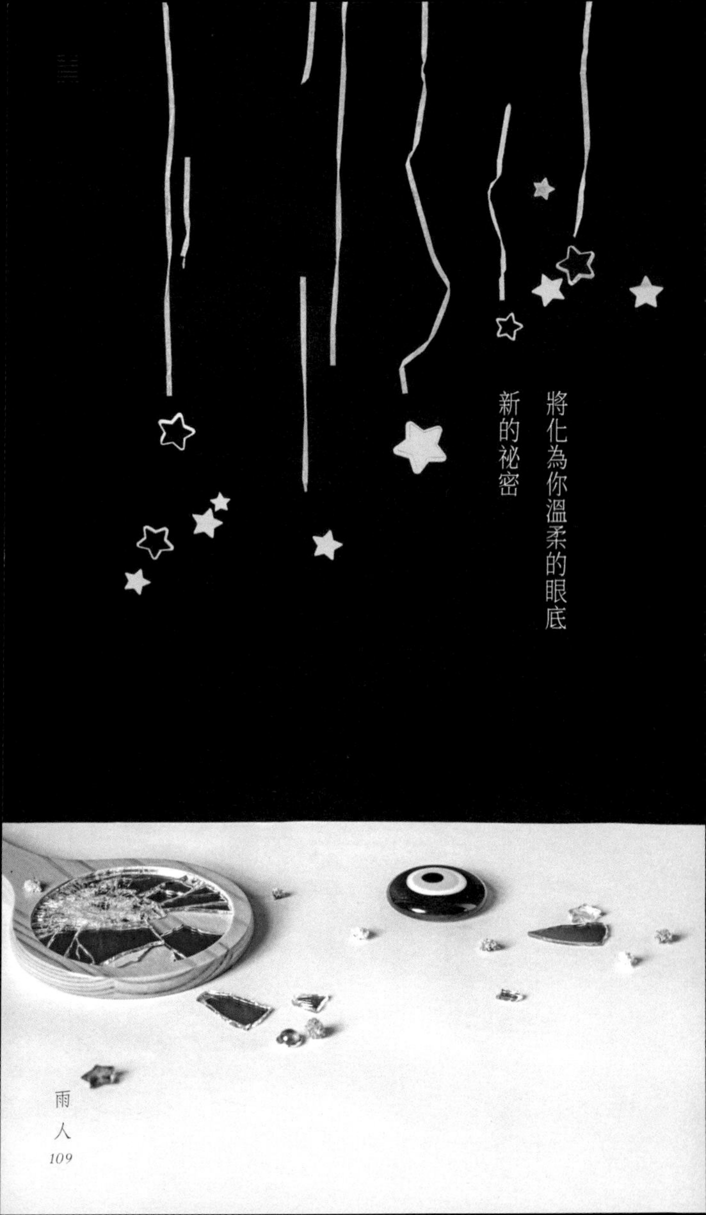

將化為你溫柔的眼底
新的祕密

唯美愛情小說

我心底有一本唯美的愛情小說
裏面記載雪花、水晶
以及天空與大地都一片皚皚的世界
這裡的樹都難以盛開
枝椏滿結冰霰的花
屋簷懸垂的露
潸潸地流為冰柱
我活在這本小說裏
你身側有羊

我活在這本小說裏
你走向春天
我活在
一本唯美的小說裏
地雪天冰

泡泡

愛情是泡泡
你的破了
我站在雪地裏
結成水晶球

橘子口味

橘子汁好甜
因為胃裏是酸的
橘子汁好甜
因為心裏是酸的
橘子汁好甜
因為愛情是酸的
橘子汁好甜
因為溫柔、善良與深情都是酸的

酸酸的人
甜甜的橘子汁
銀銀的鑰匙
亮亮的螢幕
花花的霓虹球
閃閃的音樂
橘子口味的人

垂危

當靈魂垂危
慎重地向友人們訴說：
「保重身體。」
因為靈魂死亡
軀殼便不再重要

花人

你離開後，我不再進食
化身苦行僧
在瀑布下靜心打坐
感受水花盛放的形狀
傾聽星辰扭轉的聲音
思忖春之花綠、仲夏斑斕
秋火朱黃、冬雪撲撲
四季的流轉是金色的絲線
輕輕挾上眼睫
眨眼，懸瀑都凍為冰花

坐在花心
歷經了百餘小時
蝴蝶飛到我的髮梢
吸食花蜜

詛咒

我要詛咒你
拋棄我，將是你人生最大的失敗
讓我當最大的失敗
如此
你生命便不再有
更大的失敗

一件好事

人的一生，如果只能做好一件事
我仍選擇愛你

幸運

遇到我
你耗盡了一輩子的幸運
剖開星星
分一半給你

掛心

離開你
唯一掛心的是
能否有一個愛你所有的人
再在你身側

局

當局者不迷
僅僅局外無情
局內人有情

雨人

你是個雨人。

當你到來
我的天空就不斷下雨
下著下著
水庫高漲滿溢
畏懼將你我淹沒
戒慎忐忑地拿起瓢
一口、一口
緩緩疏濬

你離開了
可天空仍在下雨
我，選擇不再壓抑
釋放自己
爆破閘門
洪水傾瀉而出
儘管雨沒有停
閘道還在淌淌地流
可當水庫清了
我也醒了

睜開眼
看見我的軀體
浮出屬於你的
青色的紋

小小的福

我開始不作白日夢。
我開始不年少輕狂。
我開始不傷春悲秋。
我開始不輕易表態。
我開始不信手拈來。
我開始不恣意妄想。
我開始不浮誇張揚。
我開始，活得很小。

我祝福你，此生無大事。

我祝福你，今歲有佳人。

我祝福你，終月平安。

我祝福你，週末愉快。

我開始祝福你，日日心花開。

我的祝福，逐漸變得很小。

因為小小的願望容易成真。

而我，也能天天想著你。

我開始，小小地祈禱。
願你收到，這份小小的福。

你的心開著好多好多太陽
如果乾旱
我就是仙人掌
如果有雲
我就是水仙花
如果雨勢不止
我奢侈地汲取你的陽光
開成一片雨林
油棕、娑羅、大王花
或纖弱的琴頭蕨
都好
愛將與你同時盛開
銀蝶將挾著花粉
飛向太陽

十二顆太陽

隔間

我的體內由無數分子組成
無法輕易命名
無法暴力劃分
是火燄，在延燒中尋覓自我的方向
是風，自由縹緲無人能捉摸
抑或一抹雲、一注流
一道涼冷的月光

轟隆隆隆
你帶著一瞬雷打入我的生命

我便化作電的火花
盤桓迴廊的風
高峰的嵐彩
攀懸垠崖的瀑布
我也終於
在天空的隔間找到了自己的名字
——是太陽，讓我成為一道光
照亮無數黑夜

星塵

一座無聲大霹靂驟然而至
無數碎片在宇宙飄蕩
我願
橫渡長河
萬千星子中洄游
尋覓名為太陽的你

星座

我們都是星星
穿越大漠
緊繫彼此
連成了星座

剎那

你坐在陽光裏，說
想看盡圖書館所有的書籍
我很單純，沒有任何意涵地
笑了笑

你坐在陽光裏，說
喜歡所有奇怪的事情
我站在一棵扶疏老榕下
素描著你的手指輕叩以及
眉尖稍蹙

像光點從葉縫間溜過般

笑了笑

當你從陽光裏，心滿意足
還了圖書館的書
趁你不注意，拿下你剛放回書架上的
從胸前掏出極細極細的鋼筆，反著光
在借書卡上
端麗地種下自己的名字
像兩行齒列的白楊木似的
笑了笑

當你從陽光裏，鼓舞歡欣
抱了疊預約新到的書，告訴我
第一百四十一頁
總蓋著圖書館的印
撫著你借我，山海經的書皮
摘了朵貓笑似的三色菫
鑲在藍色的印記裏
笑了笑

靜靜看書的你，坐在陽光裏
一個人沉浸
一個人歪著頭，左手拎著書角
將書頁透了光，觀望星星
我放下右手正涵攝法律的鋼筆
笑了笑，說
驕陽下沒有星星
你貓兒似地偏了頭
說我不懂你的哲理
不懂你書上的最老謎題

我歪著頭看你
像貓頭鷹沒有話語
揉了揉細框下凹陷的痕跡
笑了笑

看著你靜靜地坐在畫裏
和煦中逐漸開朗的心意
闔上你剛還的書籍
回頭一瞥，老榕幢幢的蔭

笑了笑
走進陽光裏

自然醒

我需要一個休假
可以自然醒
可以滾來滾去
可以在床上滑手機到小肚子轆轆地響
簾子的流蘇是可蒙犬的毛
懶懶地趴睡在落地窗緣
拖曳著腳步走到廚房
打杯營養果汁
加一點薏仁和堅果
暖暖自己的胃

我想要一個休假
可以自然醒
可以和松鼠玩耍
可以計算你起床的時間，傳傳訊息跟你道早安
附贈一個只對你用的俏皮貼圖
搖搖趴睡在窗緣的狗狗
叫醒整個房間的懶惰蟲
喝了一杯營養果汁
換上運動鞋

朝著太陽的方向晨跑
一邊思緒想望為何

我夢想有一個休假
可以自然醒
可以不看手機
可以戳戳你的鼻翼騷擾睡眠
看你癢癢地抽抽鼻子後竊笑
讓可蒙犬陪你繼續睡着

躡起手腳
研究你的健康檢查表
看你缺鐵
打兩杯營養果汁，多加一點蘋果
再回房間把手摀熱
用暖暖的手喚你起床
看精明的你睡得迷糊
我終於明白
你就是我不斷尋覓的
心之所嚮

冰淇淋症候

群

當我們漫步河岸
沒有太多話語
突發奇想
像土耳其冰淇淋老闆的惡作劇
蒙住你的雙眼
掙脫後反搔我的癢
我們的笑聲零落在緣滿青苔的石磚街道上
倏地，一對鷺鷥拍拍飛去
陽光打在你靦然的臉龐

油然一股衝動
不說就要融化
所以對大海驕傲地吶喊
眼前這無限閃耀的
正是我的太陽

淚之名

你的愛是太陽
每當直視
便不自主流下淚水
並非感到悲傷或鎮痛
只因我是第一次
走近太陽
原來有一種淚的名字
喚作為愛

盲

因為從來不哭
淚在心中，變質為鹽酸
當終於邂逅永恆之人
淚濡溼雙眼
從此願意俯首在地
陽光的照耀下
以盲者之名渡世

修道女

出世以來便從未質疑
太陽是我的主
以跪姿謙卑地稽顙膜拜
向惟一正道前行
黃泥滿布
毫不狼狽
直至迫近太陽
雙眸迷離而盲

才曉得盲者仍然虔誠
卻不是低微
不是地下溝渠裏渴望救贖的醜陋錢鼠
不需眼睛的一切理由
乃因太陽
即是我的眼

真諦

我愛你
像大地喜歡藍天
種籽嚮往水滴
孩子貪吃冰淇淋
那麼坦坦蕩蕩、自自然然
水洗過一樣地澄淨透亮
我也終於明白
在太陽下

不必俯首與卑怯的
愛的真諦

意識

當終於意識到
日月是彼此的名字
忘卻已久
陌生而熟悉地飛翔
除卻晝夜光影
所見的景色幾無變化
繼續飛翔
我深刻預感幽微處的祕密
將揭曉於雲之間

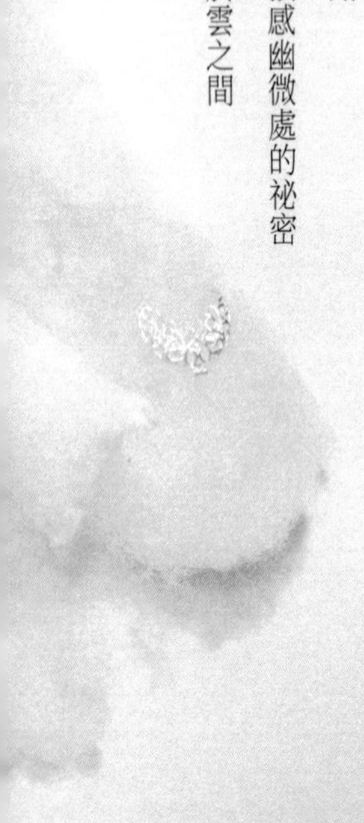

「你微笑，百花齊放。」

「其實，對花粉些許過敏。」

愛之花綠，繽紛繚亂
打一個噴嚏，就綻放了世界

感謝傾力參與製作《愛之華》的每一個人，感謝一路上伴我旅行的摯友親朋，感謝我的師傅，感謝執着的自己，更感謝翻至此頁的你。

本書獻給我的遺憾、我的草莓軟糖、我的雨人、我的太陽，謝謝你們，讓我認識了愛。

製作列表

藝術統籌　陳馥蕓
製作執行　陳馥帆
輯名頁設計　洪逸辰

小物製作

蔡依辰　書封 花吊飾
陳馥帆　摺頁 木板・頁10 紙蝴蝶・頁23 迷你日曆
洪逸辰　頁35 飛行艇上色
蕭慶陽　頁36 窗戶・頁53 水晶蘋果・頁84 小說山圖書館
藍敏睿　頁132 糖果山巨人・頁133 木船
　　　　頁48 鳥籠裙撐
陳馥蕓　頁84 小說山圖書館上色
　　　　頁132 糖果山巨人上色・頁133 木船上色
陳孝益　頁132 噴槍技術支援
李芳銘　頁140 植栽技術支援

繪畫

洪逸辰　頁06〈杓蘭與銀蝶〉・頁08〈花吹雪〉

頁26〈松鼠與橡實〉・頁45〈寶石蟲〉

頁60〈紫藤〉・頁80〈世界〉・頁130〈鏽〉

陳馥蕓　頁32 素描〈鯨魚淚〉・頁127〈枕頭鳥人〉

頁141〈信仰書店印章〉

攝影

李儒杰　頁32・36・84・132・140

謝宸右　書名頁・頁06・08・12・21・22・26・35・38・43・44・45・46・51・59・60・70・72・75・80・82・83・87・96・103・110・130・147・149・156・163

安比攝影　書封・摺頁・頁10・23・25・47・48・53・63・79・92・108・126・154

愛之華

洪逸辰情詩集

讀詩人－167　PG2778

作　　者　洪逸辰
責任編輯　孟人玉
圖文完稿　黃莉珊
圖文排版　陳馥帆
封面設計　陳馥帆
封面完稿　魏振庭

出版策劃　釀出版
製作發行　秀威資訊科技股份有限公司
114 台北市內湖區瑞光路76巷65號1樓
電話：+886-2-2796-3638　傳真：+886-2-2796-1377
服務信箱：service@showwe.com.tw
http://www.showwe.com.tw
郵政劃撥　19563868　戶名：秀威資訊科技股份有限公司
展售門市　國家書店【松江門市】
104 台北市中山區松江路209號1樓
電話：+886-2-2518-0207　傳真：+886-2-2518-0778

網路訂購　秀威網路書店：https://store.showwe.tw
　　　　　國家網路書店：https://www.govbooks.com.tw
法律顧問　毛國樑　律師
總 經 銷　聯合發行股份有限公司
　　　　　231新北市新店區寶橋路235巷6弄6號4F
　　　　　電話：+886-2-2917-8022　傳真：+886-2-2915-6275

出版日期　二〇二四年三月　BOD一版
定　　價　四五〇元

讀者回函卡

Printed in Taiwan

國家圖書館出版品預行編目

愛之華：洪逸辰情詩集/洪逸辰作. -- 一版. -- 臺北市：釀出版, 2024.03
面；　公分. -- (讀詩人；167)
BOD版
ISBN 978-986-445-909-4(平裝)

863.51　　112022538